AF349547

DIVERTISSEMENT

DE

CHAMBORD

Meslé de Comedie, de
Musique, & d'Entrée
de Ballet.

A PARIS,

Par ROBERT BALLARD, seul Imprimeur
du Roy pour la Musique.

M. DC. LXX.
Auec Priuilege de sa Majesté.

LE DIVERTISSEMENT DE CHAMBORD.

PREMIER INTERMEDE.

'OVVERTVRE ſe fait par un grand Concert d'Inſtruments.

Apres c'eſt une Serenade compoſée de Chants, d'Inſtruments, & de Dançes, dont les paroles chantées par trois voix en maniere de Dialogue ſont faites ſur le ſujet de la Comedie, & expriment les ſentimens de deux Amans, qui eſtans bien enſemble ſont traverſez par le caprice des parens. La Dançe eſt compoſée de deux Maiſtres à dançer, de deux Pages, & de quatre Curieux,

4.

PREMIERE VOIX.

Mademoiselle de S. Christophe.

REpans, charmante nuit, répans sur tous les
yeux,
De tes pavots la douce violence,
Et ne laiſſe veiller en ces aymables lieux
Que les cœurs que l'Amour ſoûmet à ſa puiſſance.
Tes ombres & ton silence
Plus beau que le plus beau jour,
Offrent de doux momens à ſoûpirer d'amour.

DEVXIESME VOIX.

M. Gaye.

QVe ſoûpirer d'amour
Eſt vne douce choſe
Quand rien à nos vœux ne s'oppoſe:
A d'aymables penchans nôtre cœur nous diſpoſe,
Mais on a des Tyrans à qui l'on doit le jour:
Que ſoûpirer d'amour
Eſt vne douce choſe
Quand rien à nos vœux ne s'oppoſe.

TROISIESME VOIX.

M. Langez.

TOut ce qu'à nos vœux on oppoſe,
Cõtre vn parfait amour ne gagne jamais riẽ,
Et pour vaincre toute choſe
Il ne faut que s'aymer bien.

LES TROIS VOIX ENSEMBLE.

AYmons-nous donc d'vne ardeur éternelle,
Les rigueurs des parés, la contrainte cruelle,
L'abfence, les travaux, la fortune rebelle,
Ne font que redoubler vne amitié fidelle :
   Aymons-nous donc d'vne ardeur éternelle :
     Quand deux cœurs s'ayment bien
     Tout le refte n'eft rien.

Les deux Maiftres à dançer.

Les Sieurs La Pierre, & Favier.

Les deux Pages.

Mrs. Beauchamp, & Chicaneau.

Quatre Curieux de Spectacles.

Les Sieurs Noblet, Ioubert, L'Eftang, & Mayeu.

Quatre Fluttes.

Les Sieurs Defcoudeaux, Philbert, Piéche fils,
& Foffard-

B

LE PREMIER ACTE
de la Comedie.

LE SECOND INTERMEDE.

EST vn meſlange compoſé d'Inſtrumens de deux Muſiciens Italiens, & de ſix Mataſſins ordonné pour remede par vn Medecin à la gueriſon de la melancholie, Hypocondriaque.

Les deux Muſiciens Italiens.

Il Signor Chiacchiarone, & M. Gaye.

BOn di, bon di, bon di,
Non vi laſciate vccidere
D'al dolor malinconico,
Noi vi faremo ridere
Col noſtro cantö harmonico,
Sol' per guarirui
Siamo venuti qui
Bon di, bon di, bon di.

Altro non e la pazzia
Che malinconia
Il malato
Non e diſperato,

Se vol pigliar vn poco d'allegria,
Altro non e la pazzia
Che malinconia.

Sú, cantate, ballate, ridete,
Et se far meglio volete,
Quando sentite il deliro vicino,
Pigliate del vino,
E qualche volta vn po po di tabac,
Alegramente monzu Poursougnac.

Lors qu'on apporte le lavement les deux Musiciens accompagnez des Matassins, & des Instrumens, chantent.

Piglia-lo sú
Signor monzu,
Piglia-lo, piglia-lo, piglia-lo sú,
Che non ti fara male,
Piglia-lo sú questo servitiale,
Piglia-lo sú,
Signor monzu,
Piglia-lo, piglia-lo, piglia-lo sú.

Les six Matassins.

Messieurs Beauchamp, Chicanneau, La Pierre, Favier, Noblet, & Lestang.

LE SECOND ACTE

de la Comedie.

TROISIESME INTERMEDE.

EST vne Consultation de deux Advocats, Musiciens, dont l'vn parle fort lentement, & l'autre fort viste, accompagnez de deux Procureurs Dançeurs, & de deux Sergens.

L'Advocat traisnant ses paroles.

M. d'Estival.

La Poligamie est vn cas,
Est vn cas pendable.

L'Avocat bredoüilleur.

M. Gaye.

Vostre fait
Est clair & net,
Et tout le droit
Sur cét endroit
Conclut tout droit.
Si vous consultez nos Autheurs,
Legislateurs & Glossateurs,

Justinian,

Iuſtinian , Papinian ,
Vlpian , & Tribonian ,
Fernand , Rebuffe , Iean , Imole ,
Paul , Caſtie , Iulian , Barthole ,
Iaſon Alciat , & Cujas ,
Ce grand homme ſi capable;
*   La Polygamie eſt un cas ,*
*   Eſt un cas pendable.*

*   Tous les Peuple policez ,*
*   Et bien ſenſez ;*
Les François , Anglois , Hollandois ,
Danois , Suédois , Polonois ,
Portugais , Eſpagnols , Flamans ,
Italiens , Allemans ,
Sur ce fait tiennent loy ſemblable ,
Et l'affaire eſt ſans embarras :
*   La Polygamie eſt un cas ,*
*   Eſt un cas pendable.*

Les deux Advocats , chantans.

Meſſieurs d'Eſtival , & Gaye.

Les deux Procureurs.
Meſſieurs Beauchamp, & Chicaneau.

Les deux Sergens.
Meſſieurs la Pierre , & Favier.

C

LE TROISIEME ACTE
de la Comedie.

QVATRIE'ME INTERMEDE.

EST une quantité de masques de toutes les manieres, dont les uns occupent plusieurs balcons, & les autres sont dans la place, qui par plusieurs Chansons, & divers Dançes & jeux cherchent à se donner des plaisirs innocens.

Mademoiselle de S. Christophe, *en Egyptienne.*

Sortez, sortez de ces lieux,
Soucis, chagrins & tristesse,
Venez, venez ris & jeux,
Plaisirs, amour & tendresse,
Ne songeons qu'à nous réjouïr,
La grande affaire est le plaisir.

CHOEVR DES MVSICIENS.

Ne songeons qu'à nous réjouïr,
La grande affaire est le plaisir.

Mademoiselle de S. Christophe.

A me suivre tous icy,
Vostre ardeur est non commune,

Et vous estes en soucy
De vostre bonne fortune :
Soyez toûjours amoureux,
C'est le moyen d'estre heureux.

M. Gaye, *en Egyptien.*

Aymons jusques au trépas,
La raison nous y convie,
Helas ! si l'on n'aymoit pas
Que seroit-ce de la vie ?
Ah ! perdons plustost le jour,
Que de perdre nostre amour.

TOVS DEVX EN DIALOGVES.

M. Gaye.

Les biens.

Mademoiselle S. Christophe.

La Gloire.

M. Gaye.

Les Grandeurs.

Mademoiselle S. Christophe.

Les Sceptres qui font tant d'envie.
M. Gaye.

Tout n'est rien si l'Amour n'y mesle ses ardeurs.

Mademoiſelle S. Chriſtophe.

Il n'eſt point ſans l'Amour de plaiſir dans la vie.

TOVS DEVX ENSEMBLE.

Soyons toûjours amoureux,
C'eſt le moyen d'eſtre heureux.

Le petit Chœur chante apres ces deux der-
niers Vers.

Sus, Sus chantons tous enſemble,
Dançons, ſautons, joüons-nous.

M. Blondel, *chantant ſeul.*

Lors que pour rire on s'aſſemble,
Les plus ſages ce me ſemble,
Sont ceux qui ſont les plus fous.

TOVS ENSEMBLE.

Ne ſongeons qu'à nous réjoüir,
La grande affaire eſt le plaiſir.

Deux Vieilles.

Meſſieurs le Gros, & Fernon le cadet.

Deux

Deux Scaramouches.

Meffieurs d'Eftiual, & Gingan.

Deux Pantalons.

Meffieurs Blondel, & Gingan le cadet.

Deux Docteurs.

Meffieurs Hedoüin, & Rebel.

Deux Paifans.

Meffienrs Langez, & Des-Champs.

Huit Dançeurs.

Quatre Sauvages.

Meffieurs Payfan, Noblet, Ioubert, & Leftang.

Quatre Byfcains.

Meffieurs Beauchamp , Favier, Mayeu,
& Chicaneau.

Deux Trompettes.

Les Sieurs de la Plane , & Lorange.

F I N.

Trois Biscayens
mousciquaux, M. le prince de la Roche sur yon
M. le comte de Brionne
Trois Biscayens
Madame la Princesse de Conty, M. de la marquise de
Seignelay & M.lle de Laval.